복숭앗빛 복숭아

도서출판
작가마을

사이펀 현대시인선 ⑨

복숭앗빛 복숭아

송 진 시집

사이펀 현대시인선 9
복숭앗빛 복숭아

초판인쇄 | 2020년 12월 10일
초판발행 | 2020년 12월 20일

지 은 이 | 송 진
기　　획 | 계간 사이펀
주　　간 | 배재경
펴 낸 이 | 배재도
펴 낸 곳 | 도서출판 작가마을
등　　록 | 2002년 8월 29일 제 2002-000012호
주　　소 | 부산광역시 중구 대청로 141번길 15-1 대륙빌딩 301호
　　　　　 T. 051)248-4145, 2598 F. 051)248-0723 E. seepoet@hanmail.net

ISBN 979-11-5606-164-9 03810 정가 12,000원

※ 이 도서의 국립중앙도서관 출판예정도서목록CIP은 서지정보유통지원시스템 홈페이지
　(http://seoji.nl.go.kr)와 국가자료공동목록시스템(http://www.nl.go.kr/kolisnet)에서
　이용하실 수 있습니다. (CIP제어번호 : CIP2020053583)

※ 본 도서는 2020년 부산광역시, 부산문화재단 지역문화예술특성화지원 '부산문화예술지원사업'으로
　지원을 받았습니다.

체코 맥주 조금 남아있어 목을 축이고

진영 단감 한 개를 깎아 먹었다

故 송원석 아버지께 이 시집을 바칩니다

2020년 11월 15일

송 진

송 진 시집

2부

장미 · 던킨 · 모란

· **차례**

3부

지
브
라
풀
브
래
지
어
무
늬

복숭앗빛 복숭아

4부

카
툭
튀

· 차례

6부

139 · 이화에 중선이라

이
화
에

중
선
이
라

복숭앗빛
복숭아 　송 진 · 사이펀 현대시인선 · 09

제1부

비
말
꽃

피멍

몇 개의 창고 열쇠가 바닥에 떨어져 있고

페인트가 새빨간 밑줄을 긋는다

옆집 형부는 울타리를 세 개 너머 밤마다 아이를 탐했다

옆집 식당은 밤마다 신음소리로 늑대들이 문을 두드렸다

모든 게 옆으로 연결되어 있었다 우주의 창조마냥

끝까지 밑줄 속으로 들어가지 않을 테야

그 아이는 트렁크에서 밟혀 죽어갔다

나는 파랑이 긋고 싶어 파랑을 긋는다

나는 노랑이 긋고 싶어 노랑을 긋는다

가끔 나의 밑줄은 피멍 든 열개의 발톱 아래에 먼저 내려가
있기도 한다

완벽한 세팅

욕실에 들어가면

변기와 세면대가 있듯

보이지 않는 우주의 힘

가는 곳마다 개개인에게 어울리는 식탁을 꾸며 놓았네

세탁소 멀어 가기 힘겨운 길에 세탁소

강아지 병원 멀어 가기 힘겨운 곳에 강아지 병원

차가운 욕조에 맨발 담그면 가끔 운 좋게 샤워기와 드라이기
덤으로 주어지듯이

완벽한 세팅으로

가끔 아끼는 푸른 수염이 일찍 별나라로 떠나기도 하지만

훌쩍이며 운다는 것은 세팅을 깨는 일

누군가가 깬다고 깨어지지 않는 테이블 위의 투명 유리잔

〉

나 역시 들풀처럼 살다 가리라는 것은 예약된 세팅

그래도 가끔 크림스프와 맥주가 덤으로 오면 오겠네

검은 문밖의 웨이터

검은 레이스 달린 소매 끝에

검은 흑맥주 한 병 대롱대롱

벼랑 끝 분홍 혓바닥처럼 매달려 있네

아슴아슴한 별

갑자기 사슴을 빈대라고 부른다면
갑자기 음식물 찌꺼기 통 앞에서 남의 아이를 내 아이처럼
팔짱 낀다면
갑자기 하늘의 별이 배고프다고 한다면
갑자기 잠이라는 것이 어떻게 생긴 건지 모른다면
갑자기 노란 향기로운 참외가 종아리를 타고 올라온다면

나에게 이상한 증상이 있어요
말할 수 있는 슴새가 없다면

나에게 이상한 증상이 있어요
혀가 끝나자마자

그는 죽고
그는 죽었고
그는 죽어가는 중이고

유기질 비료가 듬뿍 뿌려진 나무 아래로 떨어진 이팝꽃은

성배 같은 방패를 갖고 있다

한 별이 바람나무를 타고 내려와 은은한 눈썹을 깜박거렸다

〉

상흔 식당에 앉아 별을 삼켰다

목성에 가다

 4시간을 자고 4시간을 자고 2시간을 자고 당신에게 갑니다 가는 사이 나는 늙고 당신은 젊습니다 가는 사이 나는 강에 빠져 허우적거리고 당신을 활활 타오르는 불을 뿜어냅니다 가는 사이 나는 똥을 밟고 당신은 똥을 만들고 있습니다 가는 사이 별은 어쩜 그렇게도 은은한 안개꽃인지요 가는 사이 달은 어쩜 그렇게 달달한 습새인지요 오늘 아침 자고난 풀섶에 눈동자 연둣빛인 새 한 마리 이슬처럼 맺혀 있습니다 이것이 진실인지요 진실은 애당초 처음부터 앵두꽃처럼 없는 꽃이었겠지요 거짓이라는 비말꽃이 없던 것처럼 말입니다 비대면과 대면 사이 층층이 나누어진 당신의 꽃을 이해하는 건 처음부터 불가능했는지 모릅니다 감히 제가, 감히, 그랬습니다 당신을 이해해보려고 노력했습니다 하얀 감꽃이 저절로 떨어지는 것처럼 낙화의 밤을 알기 전의 일이었지요 얼마나 어리석었는지요 얼마나 발뺌을 많이 하였는지요 이제는 압니다 뱀숲에서 디디던 발을 뺀 자가 당신이 아닌 나라는 것을, 어리석음의 울퉁불퉁한 길을 달려온 자가 당신이 아니라 나라는 것을 한 번 어리석은 자가 영원히 어리석을 뻔 했습니다 이제 알았습니다 별이 왜 은은한 눈빛으로 밤마다 나의 파란 눈덩이를 어루만졌는지 우리의 강쥐가 왜 눈망울에 그렁그렁 초록빛 눈물이 고여 있었는지 바나나 간식을 줄 때면 왜 웅- 웅- 웅- 바람 부는 소리를 내었는지 이제 알았으니 이제 실천합니다 4시간 자고 당신의 U동물병원에 갑니다 4시간 자고 당신의 반려묘

에게 먹이를 줍니다 두 시간 자고 당신의 운동화를 빱니다 나
는 감정을 가진 노동자입니다

복숭앗빛 복숭아

— 백도

 비프힐의 천장은 과육의 실핏줄들이 엉켜 자라고 있었다 착시 일뿐야 야외용 가위를 든 친구가 놀려댔지만 거위의 옷을 벗고 거리에 나앉은 눈동자를 짓누르니 눈앞이 흐려진다 친구는 어제 사랑하는 동영상과 헤어졌다 더 이상 논문을 착취당하지 않아도 되는 세상에 살고 싶다고 했다 나는 폭력이 없는 세계를 구축하느라 일생을 다 써버렸다 C동생이 남들처럼 살지 않아 언니 인생이 다 가고 있어 라고 했다 같은 여자끼리 말이다 의리가 없다는 말에 십원을 걸었다 소독약으로 뒤덮힌 비프힐의 천장이 흰 마스크처럼 펄럭인다는 생각을 했다 지나친 생각 일뿐이야 야외용 개를 안고 있던 친구의 친구가 갑자기 털복숭같은 수염을 얼굴에 갖다 댔다 너 이거 성추행이야 말해놓곤 셋이서 ㅋㅋ 웃었다 개가 씨익 웃었다 징그러운 놈이야 ㅋㅋ 보고도 못 본 척 알고도 모르는 척 개는 늘 상냥하게 꼬리를 흔들며 귀여운 두 귀를 접으며 복숭이빛 속살을 연출했다 설마 개가-? 설마 걔가-? 사람 목줄을 손 안에 쥐고 흔들던 빚쟁이가 폭우에 휩쓸려 사라졌다 어젯밤에는 어깨에 유난히 살점이 많은 그의 아들이 나타나 방 한 가운데서 자고 갔다 용서의 그릇들이 차례차례 빗방울을 담았다 말해서 뭐해 돈이 최고지 과일박쥐 목살에 방부제 주사를 놓는 모습을 본 편의점 알바생 최 군은 과일박쥐 목살을 먹지 않고도 통조림이 되어갔다 가릴게 뭐 있어 없어서 못 먹지 그런 시대 같기도 하고 그런 시대 같지 않기도 했다 비프힐의 창밖에 버려진 무지개 도넛들이 일어서서 춤을 추고 있었다 비가 오는 것 같기도 하고 비가 오지 않는 것 같기도 했다 오늘처럼 어중간한 노동자의 눈동자의 저녁식사는 나방의 거위에게 알맞은 정식이었다 어제처럼 빗나간 비프힐의 흰 천장은 거위의 알밤에게 알맞은 위로였다 내일의 미지의 태도는 알밤의 알고리즘에게 알맞은 순수였다

달리는 갑옷

하늘에서 전사였던 한 마리의 용이 옥황상제의 아들을 사랑하여 지상의 하수구의 쥐로 떨어졌다네 그의 몸은 철갑을 두른듯 갑옷을 입고 있어 순식간에 쥐의 왕이 되었지 그러나 어디를 가든 미워하는 무리가 있기 마련 미움의 무리들은 소리 없이 어둠의 미소 지으며 그를 차가 씽씽 다니는 밤의 아스팔트 위로 내팽겨쳤지 그의 철갑갑옷을 아무리 벗기려 해도 되지 않던 미움의 무리들은 팔짱을 끼고 낄낄 웃으며 차들의 광란을 지켜봤지 그러나 세상의 일은 뜻대로 되기 힘든 법 차들이 튕겨나갔네 차들이 엉키고 난리도 아니었지 하늘은 그를 내려다보고 있었지 비가 내렸지 추적추적 가을비였어 비는 피의 칠갑갑옷을 씻으며 조용히 말했어 용 나야 용 나라고 쥐는 귀를 쫑긋거리며 귀를 의심했어 귀는 쥐를 쫑긋거리며 쥐를 의심했네 쥐가 다니는 곳마다 비가 있었네 초췌초췌 겨울비 부슬부슬 봄비 가슬가슬 여름비 지상의 하수구에 눈 먼 이모티콘이 있는 곳에 철갑을 두른 이순신 동상에 주륵주륵 털 달린 장맛비 사랑하듯 앉아있네 추적추적 추적추적 주적주적 주적주적 주걱주걱 주걱주걱 주저주저 주저주저 주거지없는 생쥐 한마리 라네라네라네라네 리라리라리라리라 리네리네리네리네 린네린네린넨린넨 죽어죽어죽어죽어 주거주거주거주거 주저주저주걱주저 오! 비가 내리네 오! 껍질 벗겨진 흰쌀밥의 여신이여!

팜카페

- 개천절 소묘

　개벽하지 못했습죠 작은 초록의 공간에 웅크리고 앉아 하늘을 바라보았읍죠 하늘의 수염 끝자락에 단기 4353년이라고 씁니다요 대낮의 별들이 초롱초롱 아름답기 그지없는 날입니다요 강아지들이 주인을 러브 로켓에 태워 우주로 쏘아 올리는 대낮인데습죠 아직 개벽하지 못했읍죠 얼마나 간절한지 두 무릎이 간절곳이 됩니다요 개미는 두둥실 가을바람을 타고 하늘로 벌써 올라갔는뎁죠 하늘은 두 동강이 나지 않았는뎁쇼 벌렁벌렁 심장은 킹아지를 들었다 났다 합니다요 아아직 개벽하지 못했습죠 하늘은 노랗고 파란 테두리에 빨간 자루를 주렁주렁 매달고 있는뎁쇼 상추는 고운 물줄기 따라 흘러가고 있는뎁쇼 시간의 일등공신 거미줄에 수면제와 방부제를 섞어 바르는뎁쇼 얼마나 비겁한 손가락인지 죽기살기로 깨물어봅니다요 어, 피가 나는뎁쇼 어, 아주 붉은 비가 내리는뎁쇼 … 아아아….직… 개벽하지 못했는….뎁…쇼…

임랑

임랑 바닷가, 모래밭에 파라솔이 펼쳐져 있고 파라솔 아래에
는 동그란 흰 테이블이 놓여 있다. 발목까지 내려오는 검은 원
피스를 입은 소연은 파란 플라스틱 의자에 앉아서 이어폰을
끼고 휴대폰을 들여다보고 있다. 한 남자가 다가와 빈 플라스
틱 의자를 끌고가 앉아 바다를 바라보며 캔맥주를 딴다 한 모
금 마시고는 소연을 힐끔 쳐다본다. 소연은 휴대폰을 흰 테이
플 위에 놓고 대나무 느낌이 드는 여름가방에서 시집을 꺼낸
다. 이어폰으로 음악을 계속 들으며 황인찬 시집 '사랑을 위한
되풀이'를 읽는다. 한 남자가 캔맥주를 마시다가 캔맥주를 손
에 들고 일어나 모래사장으로 걸어간다. 점점 소연과 멀어진
다. 긴 단발머리에 흰 셔츠와 무릎 위로 올라간 까만 미니 치
마를 입은 한 여자가 소연에게 다가와 비어있는 플라스틱 의
자를 가리키며 여기 앉아도 되냐고 묻는다. 소연은 힐끔 한 여
자를 쳐다보더니 다시 고개를 돌려 시집 책장을 넘긴다. 한 여
자는 플라스틱 의자를 흰 테이블 앞으로 한손으로 질질 끌고
와 앉는다 손에 들고 있던 일회용 투명 아이스커피를 테이블
위에 놓고 어깨에 매고 있던 가방을 내리더니 노트북을 꺼낸
다. 소연은 생수를 한 모금 마시고 한 여자를 힐끔 쳐다보고는
음—음 — 목소리를 가다듬는 듯 하더니 말없이 시집 책장을
넘긴다. 한 여자는 노트북을 열더니 키보드를 힘차게 친다. 소
연은 약간 의아한듯 한 여자를 쳐다본다. 한 여자는 계속 키보
드를 빠르고 힘차게 친다. 소연은 시집 책장을 넘기다 다시 한

여자를 쳐다본다. 그렇게 힘차게 키보드를 치는 사람을 잘 본 적이 없기 때문이다. 한 여자는 키보드를 치다 오른 손으로 머리카락을 비비더니 한 올 쭉 당긴다. 조금 있다가 또 키보드 치다 머리카락을 한 두올씩 길게 당긴다 끊임없이 왼쪽 오른 쪽 머리카락을 정신이 없을 정도로 쭉 당긴다. 왼쪽 머리카락을 당기다가 키보드 치다가 또 오른쪽 머리카락 당기다가 키보드 치다가 팔꿈치 긁다가 키보드 치다가 오른쪽 머리카락 당기다가 키보드 치다가 아예 키보드 치는 걸 멈추고 두 손으로 머리카락을 당기다가 키보드 치다가 왼쪽 목줄기를 긁다가 키보드 치다가 바다를 바라본다. 그를 지켜보던 소연도 시집 넘기는 것을 그만두고 바다를 바라본다. 점점 두 사람의 모습은 점처럼 작아지고 파도소리는 점점 커진다.

그는

그는 아름다운 레이스와 풍성한 머리카락 속에 숨어있다 그는 한 마리 새와 같아서 잡으려 하면 더 멀리 달아난다 가끔 아주 가끔 운 좋은 날 그와 축구를 한다 야 축구야 빨리 공 갖고 와 야 축구야 좀 잘 하지 못하니! 야 축구야 시원한 물 좀 가져와 진짜 축구가 된다 아름다운 거위 구름 아래 아름다운 궁전 담벼락 한 쪽 편 레이스 아래 레이스는 정말 매력적이어서 레이스는 정말이지 매혹적이어서 아름다운 궁전 담벼락 그늘 아래 한 쪽 편 레이스는 정말 정말 매를 버는 편이어서 기어코 레이스를 찢고 매를 번다 누가 뭐랄까 기어이 한 짓에 대해서는 대가도 없는 법 천둥 치고 번개 치는 날 온몸이나 맹수에게 찢기고 말지 누가 가련히 여겨줄까 레이스의 피맛이여 레이스의 레이스의 각오여 레이스의 레이스의 레이스의 창과 칼이여 감옥은 부드러워 부푼 밀가루처럼 변형이 가능해 그는 진짜 그는 풍성한 크림 빛 러시아 셔츠를 입은 그는 찾지도 못해 먹지도 못해 그는 유언처럼 잘도 숨어있지 숨 쉬는 구름 속에 메롱! 그는 생각하는지, 고로 존재하는지 눅눅한 룽고카페 구석에 박혀 멜랑콜리 여름장마 코를 만져볼 뿐이라네

사랑하는 나의 방구석에게

귀신들이 유충처럼 모여 앉아있지
이번에는 누가 문턱에 발이 걸려 넘어지나
옳지 한 놈 들어왔어
순식간에 달려들어 흔적도 없이 해치우지
유충의 날카로운 이빨은 주인이라고 다를 게 없지
내가 내 방구석 들어갈 때도
유충들은 가느다란 내 발목을 쳐다보며 침을 질질 흘리지
왼쪽 발목 하나 잘라 던져주면
유충들은 잔칫집 국수손님처럼 달라붙어 순식간에 해치우곤
했지
다행히 내 왼쪽 발목은 자동기계에 뽑혀 나오는 국수가락처
럼 새벽마다 자라나오고 자라나오고
(도대체 원재료는 어디에 숨어 있는 거야)
뭉글거리는 구름이불은 구름이불을 낳았지
자개장롱 속에는 이불을 먹는 귀신이 자라고 있어 구름이불
의 거처는 걱정이 없어　그러나 자개장롱 속에 들어가는 순간
장기투숙 구름이빨들은 구름이불을 사정없이 해체하지 팔 다
리 순금이빨 회전어깨관절... 그걸 몰라 쯧쯧.. 구름이불들은
거기가 집인 줄 알고 깨고 나면 또 꾸역꾸역 들어가지 갈 곳이
없으니까... 자개장롱이 역겨워 토하는 줄도 모르고———— 딸
깍, 문이 닫히는 순간 어둠 Z가 밀려오고 역사 X가 쓰여지지
(도대체 원재료는 어디에 숨어 있는 거야) 구름이불을 개키는

좋은 너를 읽으면 유충들은 갑자기 좆이 간질해 −좆까네−상
점 이름이야 마음에 들어? 좋다고만 해 한 아름 자줏빛 큰 꿩
의 비름으로 안겨줄게 불알이 질긴 보랏빛 큰 용담은 어때?

잊기 전에

　-임랑 바다

　잊기 전에 나를 쓰고 또 씁니다 나를 언제 잊을지 모르니깐 요 그런 날이 온다해도 숭고하게 받아들여야지요 발버둥치면 뒤집어지는 일밖에 더 있겠어요 그래도 자라는 자라고 거북이 는 거북이지요 야채는 삶으면 고분고분해집니다만 그렇게 살 지 않았죠 바닷가 바람을 젖가슴처럼 파먹고 살아죠 그래서 말입니다만 대파의 꽃처럼 되었죠 먹지도 보지도 없는 꽃눈이 되었죠 초록 기다란 몸통에 커다란 흰 대가리가 대분수처럼 앉았습니다만 밭에 똥누는 개나 은빛 스테인리스 펜스에 오줌 갈기는 개들만 오갈 뿐이죠 그렇죠 그런거죠 뭐가 또 있겠어 요 가끔 흰 등대 앞에서 선무도하는 그녀를 볼 때가 있어요 바 람의 숨소리를 없는 손의 메스로 가르며 바람의 뼈를 없는 입 으로 씹어먹는 그녀는 시퍼런 파도 속 같은 머리카락을 노란 생고무로 징징 묶었지요 (나는 나를 속으로 낳은 자식입니다 만.. 아직 가슴으로 묻지는 못했습니다만..) 곧 겨울이 다가오 면 게워내는 일들이 더 많겠지요 인생을 다 산 것 같은 흉내는 노란 산수유 희롱하는 저 까치의 몫인 듯 합니다 (글쎄요..나 는 겨울까지 대롱대롱 매달려 바람을 희롱할 수 있을지 모르 겠습니다만..) 이크 저 누런 개 다가옵니다 이크 없는 네 발로 흙을 밟고 이크 몸을 움추려봅니다만 촉촉한 검은 코 사이로 바람이 벌름벌름 툭, 별처럼 붉은 개미 짓밟히고 맙니다만.. 한 줄의 혈소판.. 개미가 돌고돌아 대파가 태어납니다 대파가 돌고돌아 히틀러가 태어납니다 아, ㅎㅎ 그런가요 아, 그렇군요 ㅋㅋ 저기 흰 파도 기저귀.. 너는 새댁.. 아낙네.. 아녀자..
뭐라고 부르지요?.. 아이.. 엄마여자.. 인간이여 대답해 보지
요

UFO
– 어제의 시 86

  한 남자가 이상한 비행물체에서 내렸다 번개 치는 거리에서 이팝꽃을 꺾었다 흰 이팝꽃이 바람에 흔들렸지만 곧 모가지가 꺾어져 고요했다 한 남자는 이팝꽃을 우적우적 먹었다 제자리에서 세 바퀴를 돌더니 한 여자로 변했다 이상한 비행물체도 따라 돌았다 한 여자는 허공에 커다랗고 긴 지렁이처럼 생긴 더듬이를 들어 올리더니 뭔가를 따는 듯 했다 흰 배를 우적우적 씹었다 금방 배가 밀물처럼 부풀어 올랐다 이상한 비행물체도 둥실둥실 부풀어 올랐다 머리가 커다란 커피사탕이 허공에서 쏟아졌다 출근길의 사람들이 어디선가 생겨났다 뒷골목에서 커피향이 가로수를 타고 번져나갔다 이상한 비행물체도 멀리멀리 달걀형으로 번져나갔다 투명우산 위에 라디오가 지지직 지나가고 주인의 뜻을 따르던 연필은 사각형의 수갑을 찬 강물의 얼굴 표정을 주저주저 그리곤 했다 무럭무럭 자라나는 흰 찔레꽃 인간들의 마을이 잠들 때 아기 번개가 태어나곤 했다 이상한 비행물체도 응애응애 다시 태어나곤 했다 식료품 가게는 늘 붐볐고 이번 주말은 비가 올 예정이다 투명우산을 쓴 민들레 꽃잎을 금성택시 안에 두고 내렸지 룰루는 룰, 루,와 함께 어디로 산책을 떠날 것인지…
  암흑물질이 급상승 중이다

화용일

- 2

달이 떴다

아름다운 달이었다

이가 서너 개 난 귀여운 달이었다

구석에서 자꾸 보챘다

귀엽게 방긋방긋 웃으며 조용히 잠들었다

나는 무대 위에서 춤을 추고 있었다

눈을 떠보니 관객이 아무도 없었다

무대 위에는 내가 아는 사람인지 모르는 사람인지 같이 음악 공연을 하고 있다

어떤 젊은 남자가 가운데에서 마이크를 잡고 있고

나는 무대 왼쪽(관객이 바라보는 방향에서)에서 쓰러지려고 하는 나를 서서히 잠들려고 하는 것처럼 보이려고 안간힘을 쓰고 있다. 무대에는 어떤 젊은 여자가 있고 내 뒤에는 누군가 피아노를 연주하고 있다

귀여운 달은 무대 가장자리에서 잠을 잘 자서 하마터면 모르고 밟을 뻔했다 젊은 여자가 말했다 아까 왜 무대 위에서 잠 잤어요? 으응.. 잔 게 아니고.. 다 봤어요 다 알아요 귀여운 달은 여전히 새근새근 자고 있어 이불을 연둣빛 이마 끝까지 덮으면 누군가 모르고 밟고 지나갈 것 같았다

공연을 마치고 여럿이 한방에서 뒹굴뒹굴 길게 누워 쉬고 있는데 눈을 뜨니 관객이 한명도 없던데요 내일도 공연하나요 묻는다 왼쪽에 누운 남자가 내일 관객이 없어도 공연한다고

한다 나는 모처럼 이렇게 장소와 성별과 세대차 없이 자유롭게 대화를 나누는구나 약간 감정이 별처럼 따듯해지고 별처럼 냉정해진다

　가장자리 귀여운 달은 서너 개 난 이를 입안에 물고 새근새근 잠들어 있다 나는 오른쪽의 젊은 여자에게 얼른 가서 좋아한다고 말해라고 하면서 자리를 바꾸어준다 이제 젊은 여자가 가운데 자리로 갔다

　나는 그저 기쁘다 왜 그런지 까닭 따위는 애당초 앵초꽃이 왜 피었는지 엄앵란과 신성일이 어떻게 만났는지 물어볼 필요가 없는 것처럼 없어야 되는 게 맞다

　나는 그저 기쁘고 귀여운 달은 캄캄한 밤을 하얀 톱질하듯 서너 개의 이를 갈면서 새근새근 잘 자고 있다

수요일

- 화혜화원을 지나며

나는 꿈속의 인물들을 하나 둘 불러낸다 누군가 열고 내려버
린 창문처럼 바람은 버림을 받기 시작한다

꿈속의 인물들은 화혜단지 꽃처럼 허공에 떠 있다

옹기골 다음에 화혜마을인데 나는 화해를 지나쳐왔다 오랫
동안 그건 나만의 일은 아닌듯 자전거 보관대의 바퀴들이 엉
켜있다 아침 아홉시 일분의 풍경은 상추 다듬기로 시작되어
해질 무렵에는 널브러진 파뿌리 간추리기로 끝이 났다 디근자
로 포용의 팔을 벌린 송월타올 개천가의 포퓰리즘의 꽃들이
오전의 햇살을 손톱 아래 복숭아 물빛으로 머금고 있다

한 명씩 호명한 꿈의 인물들은 이러했다

한 상자와 한 상자가 있었고 나 역시 한 상자처럼 가운데 자
리에 길게 음각처럼 누워있었다 왼쪽 상자는 오른쪽 상자에게
다가가고 싶어했기에 나는 가끔 용을 쓰며 뒤척이는 듯 했으
나 꿈에서 깨고 보니 누운 자리에 선홍빛 피가 홍건했다

edge

　이상한 기운들이 제 방안을 감싼 지는 꽤 오래되었습니다 엄마의 유일한 유품인 자개장롱을 열면 설탕 시럽이 옷가지에서 땀방울처럼 흘러내리고 있는데요 서랍마다 끈적끈적 딱정벌레들이 엉겨있었지요 멸치볶음을 먹지 못한 것도 그쯤 일인데요 작은 물고기라는 노란 알전구의 말을 듣고 난 뒤부터 같은데요 방안은 거대한 코의 안이었습니다 직모의 코털이 자라나 윗입술까지 내려오구요 곱슬곱슬 코털들을 당기면 발등까지 내려오는데요 에췌! 재채기는 콩쥐호수로 건너간 이야기입니다 에췌! 팥쥐호수는 아직 오직 않았는데요 전번은 아는데요 0＊＊2＊＊＊0＊＊＊ 예상대로 0이 부족한데요 영혼들의 자각이 시작된 이래 제 방은 잠들 틈이 없습니다 푹 자야 두뇌회전에 좋다는데요 광고비만 지출될 뿐 속전속결 해결사는 나타나지 않구요 그래서 이렇게 스스로 해결했습니다 어제 새로 구입한 빨간파랑노랑초롱흰 젤리펜 1.5를 손가락에 상어이빨에 물린 것처럼 피가 나도록 쥐고 쥐고 꼭 쥐고 ─삼가 고인의 명복을 빕니다─ 세 번을 썼지요 이상하게 잠이 왔고 자개이불장에 들어가 한숨 푹 자고나니 게으른 코 안이 유령의 털로 북적거리는 개천절이었습니다

김언희 시인을 만나고 집으로 돌아와서

20년 넘은 인켈 미니 오디오 속에 CD를 띄웁니다 허공에 이화중선의 목소리가 흘러나옵니다 각양각생의 단풍처럼 철철 흘러넘치는 한의 절제를 들으며 주홍빛 노을 홍시를 먹습니다 입안 시뻘겋게 피 흘리듯 신음하며 먹습니다 차분한 그를 만나면 고통스럽습니다 단아한 그를 만나면 고통스럽습니다 진주성 옆에 있는 단아한 죽향에서 만나면 단아한 내가 더 싫어져서 고통스럽습니다 분신이라는 말이 떠오릅니다 불에 타죽은 소신공양이 떠오릅니다 옆에 마침 불타오르는 진주성이 있습니다 나를 마주 본다는 것은 고통입니다 절절한 구음처럼 고통입니다 새벽에 일어나보니 아무도 없는 텅 빈 방안 온몸에 상처투성이인 내 몸을 보듯 그를 보는 게 고통스럽습니다 그는 다 알아버렸습니다 삶과 죽음을 생과 사를 고통과 절망을 나는 다 들켜버렸습니다 처음 만난 그에게 절망의 방식을 살아보겠다고 스스로에게 미끼 던진 회유의 방식을 그는 우주를 관통했습니다 세네갈처럼 쎄리쳤습니다 고막이 터지지 않은 이여 김언희를 읽으십시오 그러면 깊이 절망할 것입니다 이 겨울에 깊은 보지 자지 속에 박혀 있는 별 한 점 찾아내어 별의 뼈에 붙은 자그만한 살 한 점마저 절망케 하십시오 새해가 옵니다 그러라고 새해가 옵니다 그러라고 뼈마저 사라진 김언희 시인이 삐걱거리는 나무계단 밑으로 검은 앵글부츠를 신고 영영처럼 걸어옵니다

중양절 9월 9일

오늘은 참 이상한 날이야 보통 때는 김해 대동할매국수집에서 맛있게 국수 먹고 맛있는 단감을 사서 드라이브하고 집에 가는데 오늘은 말야 참 이상한 날이었어 가는 데마다 산길이 가로 막고 메리취수장을 지나 여차고개를 겨우 넘었지 고 3딸은 가을 두시의 햇살 속에 꿀잠이 들고 재경 씨는 계속 끝없이 달리고 달리고 대동할매국수 한 그릇 먹으러 갔을 뿐인데 도로요금이 8300원 나왔지 뭐야 가는 곳마다 공사 중인 트레일러와 굴삭기뿐이고 먼지는 가을꽃들을 지웠지 쑥부쟁이는 볼 수가 없었어 그러나 햇살만은 아름다웠어 햇살만은 변함없었지 죽었던 지상의 땅값이 벌떡벌떡 일어나고 높은 건물들이 세상의 모든 뷰를 다 지워버린다해도 햇살만은.. 햇살만은 간절한 피아니스트처럼 지구의 건반을 두드리지 음력 9월 9일 달빛은 또한 어떠했니 靈이 가득한 달과 빛 靈이 어린 달과 빛..누가 세상을 바꿔... 아무도 못 바꿔... 세상은 말야.. 그냥 흘러가고 있을 뿐이지.. 저 달처럼.. 저 달빛처럼...

그래도 김해 꽈배기도넛, 오륜대 취수장 팥빙수, 우주선처럼 넓적한 찐빵, 아이스커피, 귀여운 새끼 고양이 네 마리 졸리는 블루, 그레이, 블랙, 마린 블루 찢어진 눈동자 졸라 이뻤잖아...

강은 건너편에서 강다운 짓을 하고 있었지

〉
물빛은 진초록
물빛은 진초록

노을은 분홍
노을은 분홍

아름다웠지
세상은

웅크리고 있다가

웅크리고 있다가 초록색 피를 한 움큼 쏟아낸다
문 밖에 죽음의 친구가 서 있다
그가 눈썹처럼 선명하게 보여 화분에 심어놓은 테이블야자
같았다
그는 가지 않을 것이다 나만큼 고집스러우므로
그는 포기하지 않을 것이다 나만큼 끈질기므로
그는 나를 사랑한다 나도 그를 사랑한다
죽음의 기록이 시작된 지점이다

1. 라면을 끓일 것 그리고 그 국물을 함께 마실 것 네 개의
주둥이를 대고

2. 샤인머스켓을 씻을 것 알갱이를 목구멍에 사정없이 처넣
을 것 그래도 우리는 죽지 않는다 목숨은 배처럼 연하나 바다
처럼 질긴 것

3. 그의 혓바닥을 받아들일 것: 이제 그의 혓바닥이 너의 혓
바닥을 더듬거릴 것이다 그의 혓바닥은 너의 뿌리까지 쓸어
올릴 것이다 혓바닥은 결코 포기하지 않을 것이다 식재료를
만난 아메바처럼 휘감고 뒹굴 것이다

4. 피아노의 건반을 하나씩 뽑아 금괴를 채울 것 새벽 그가

떠나기 전, 단, 지옥의 묵시록으로 떠나는 여행의 경비로, 만,
던져줄 것

  5. 죽은 자의 무덤을 훼손할 것–죽은 자는 죽은 자에게 위로
를 받는다 죽게 하라 죽게 하라 더 죽게 하라 –오호, 참된 자
로다

  그가 죽자 새로운 세계가 왔다

바람

  힘들 때는 단어를 거꾸로 부르지 그러면 마음이 조금 고요해져 람바 람바 람바 상처는 오래된 거야 아마 태어나기 직전, 태어나고 바로일지도 아버지는 간디스토마였지 내가 태어나던 날 아버지 병 낫게 해달라고 빌었대 아버지는 병 나았지 아버지는 병 나았지 나는 평생 그 빚 갚느라 세상의 구덩이란 구덩이는 다 메우고 있어 지칠 대로 지친 나는 병을 얻었지 그래도 죽지도 않아 아직 더 파야하는 구덩이가 있대 더 이상 업을 짓지 말자 별을 한 마리 데려다 키우자는 네 말에 람바 람바 람바 사는 건 새벽의 흰 욕조에 기어오르는 흰 아기 거미를 휴지로 돌돌 말아 옥상에서 떨어뜨리는 아슬아슬하고 미안하고 죄스럽고 낭만적인 노을의 기지개

별

　새벽 세시, 그는 끈질지게 내 위에 떠 있다 공중에 비스듬히
누워 꾸벅 꾸벅 졸고 있는 나를 깨웠다 그리고 말했다 어서 내
말을 받아 적어 나 역시 일어나서 그의 말을 받아 적고 싶었다
그러나 내 몸은 하루 종일 비염과 야간 수업과 거센 바람에 시
달려 코는 헐고 눈덩이는 붓고 팔다리는 지쳐 있었다

　나는 그의 말을 기억하려고 노력했다
　아침에 눈뜨면 한줄기라도 남을까
　아마 다 사라지고 없을지도 몰라

　아침이 되었다
　그의 말은 한줄기도 남아있지 않았다
　그때 받아 적었어야 했다

　하지만 지금 적어보려고 노력하는 건
　그게 인간적 삶이다

　창밖은 여전히 덜겅거리고
　방충망은 세상을 벗어났다

　새벽 세시 허공에서 비스듬히 말을 걸어오던 주황빛 거대한
별은 사라진지 오래

〉
그래도 그는 여전히 동쪽 하늘 허공에 떠 있다

린네의 사랑 2

왼쪽 어깨를 물어뜯는다 커다란 개가 발가락 물고간지 얼마 되었다고 이번엔 이번엔 아주 크게 크게 푸른 이빨을 염탐한다 그래봤자 몸통 하나 물고가지 못하는 작은 주둥아리 멋적게 멍 짖는다 먹어라 먹어라 허벅지도 머리통도 아깝지 않다 네가 먹어 배부르다면 네가 먹어 배고프지 않다면 먹으럼 먹으럼 손톱 한점까지 그래도 차소리 들리고 봉고는 뒤집힌다 살려고 발버둥쳤어요 배는 뒤집히고 바다에는 부표하나 인도에는 피덮은 모래 현장들 살려고 하니 죽는다 죽으려고 하니 또 산다 또 차가 지나간다 타이어 찌이익 찢어지는 소리 오른쪽 어깨는 별을 빚는다 죽은 왼쪽을 위하여 밀가루 별이라도 빚어 허공에 매단다

엄마, 윤회가 진짜 있다면 엄마는 이제 태어나지 않을 것 같아요

딸의 말씀입니다

딸의 말씀을 귀담아 듣습니다

존경하는 딸의 말씀입니다

저의 증조부님입니다

제2부

장미、던킨、모란

Q모텔

　- 추분

오늘 엄마를 보았는데 빨주노초파남보 얼마나 이쁜지

오늘 아빠를 보았는데 하얀 가루 찹쌀떡 미끈미끈 얼마나 맛있는지

오늘 언니를 보았는데 쑥털털이 얼마나 구수한지

오늘 오빠를 보았는데 관절 없는 차가움 얼마나 끓였는지

오늘 동생 보았는데 동그란 구멍들 속의 햄스터 랍스터 얼마나 예리하고 잔인했는지

늦가을 오기 전의 가을은 잔인하다

속수무책이다

낫과 칼득의 용쟁호투

별장

토스트 가게 앞에 사람들이 줄지어 서 있다

그렇다고 고단함이 사라지는 건 아니다

피규어 가게 안 검은 고양이가 가슴에 가슴보다 더 큰 금빛
큐빅하트을 박고 손을 흔든다

그렇다고 쓸쓸함이 사라지는 건 아니다

서점 안에는 사람들이 있다

심지어 붐빈다

그렇다고 죽고 싶은 생각이 사라지는 건 아니다

서가에는 아름다운 손가락들이 도레미파솔 전시되어있다

그렇다고 배가 고프지 않은 건 아니다

피투성이 손가락이 나를 손가락질 한다

그렇다고 화가 나는 건 아니다

공포는 더더욱 아니다

그러면 뭔가

실체는 없고 늘 허공을 겉도는 것

화장실에서 손을 씻는다

물은 따듯하고 아늑하다

물비누가 솜사탕처럼 사타구니를 타고 흐른다

그렇다고 달콤해지는 건 아니다

나는 네가 아닌데

가끔 네가 되기도 한다

그건 요청이다

예의 없는 요청 앞에 속수무책이다

그건 별장 같은데서 하는 놀이다

메일

작고 여린 것은 송신스럽게 망가졌다

송신되기도 전에 송구스러워야 했다

할 말이 있었는데 등허리부터 부러져 나갔다

어제는 개기일식이 있었고 여의도 마당은 모처럼 축제분위
기였다

완두콩인줄 알았는데

강낭콩이었고

강낭콩인줄 알았는데

역대급 초승달이었다

10년 뒤에 다시 볼 수 있다는 말에 메일은 잘 나가는 트로트
가수처럼 복숭아뼈에 힘을 받았다

때마침 복숭아 시즌이었다

이 나라 메일인지

저 나라 메일인지

우리나라 메일인지

구분하지가 쉽지 않은 건 우주공동체라는 노래만은 아닐 것
이다

아냐하면 그래이고
그래하면 아냐였다

한 아이가 던진 창이 한 아이의 왼쪽 눈에 명중했다

피가 흘러내렸고

한 아이는 모든 걸 다 잃은 듯 했다

메일은 여름에도 송구스러워야 했다

노루가 아스팔트가 깔리지 않은 산을 달리다 내려왔기에

더 무릎 꿇고 송구스러워야 했다

질이 나쁜게 아냐

솔이 나쁘지

상상하다보면 가끔 하루의 합이 들어 맞을 때도 있었다

비행기를 탄 상어와

비행기의 날개에 탄 상사화와

비행기의 엔진에 탑재된 쌍생아는

모두 서로 다른 상相이었다

맞는데 그때는 아니라고 우겼지 하하

E메일이 살아있는 듯 큰소리로 웃으며 먼 우주로 날아갔다

(방금 머리 위로 지나간 거 뭐지?)

(ET 닮지 않았어?)

우주와 나의 방정식을 풀어야 한다고 생각하지만

가끔은 꼭 그럴 필요가 있을까 싶다

이렇게 사는 것도 나쁘지 않아

빽다방에 와서

달고나 아이스크림과

사라다빵을 먹으며 사라를 쓴다

소시지빵과 크리미단팥빵은 주문 넣어 두었다

소시지빵은 직사각형 초콜릿 빛 쟁반 위에 누워있고

크리미단팥빵은 냉동실에 앉아 있다

푸른 기와집 게시판에 즐거운 청원이 올라왔다

비대면

마당 한 가운데 강아지가 죽었다는데

그 강아지가 내 눈에는 보이지 않아

훌쩍 뛰어 넘었네

치맛자락 사이로 금가루 떨어졌을까

내 눈을 가린 성폭행범이

밤마다 찾아와

치마사이를 찢고 찢었다는데

그 성폭행범이 내 눈에는 보이지 않아

훌쩍 뛰어 넘었네

내 치마 사이로 은가루가 떨어졌을까

장미, 던킨, 모란

세 개의 태풍이 방파제를 치고 올라 왔다는데

그 태풍이 내 눈에는 보이지 않아

훌쩍 뛰어 넘었네

내 치마 사이로 별가루가 떨어졌을까

희망

사랑

분노

이제 그런 말은 가랑이 사이에서 멀어진 말들의 머리

쓰레기 몰려든 바다의 한 가운데를 훌쩍 뛰어넘는 이야기

늘 디테일이 문제야

그러니 가끔 뛰어넘어

악마가 귓전을 똥파리처럼 왱왱 거릴 때

그것도 생명이라고

딱 치지 못하고

똥 묻은 옷을 걸치고

도서관 강의 가는 백로白露의 다음다음날

구월 구일

어두워졌군요 일곱 시입니다

어두워졌군요 여섯 시입니다 어두워졌군요 다섯 시입니다
어두워졌군요 네 시입니다 어두워졌군요 세 시입니다 어두워
졌군요 두 시입니다 어두워졌군요 한 시입니다 어두워졌군요
0시입니다 어스름 강가에서 누군가 신발을 벗고 풍당 풍당 돌
을 던지자 노래를 불렀습니다

밝아졌군요 6시 36분입니다 밝아졌군요 5시 36분입니다 밝
아졌군요 6시 47분입니다 밝아졌군요 1시 47분입니다 관중
들이 뒤죽박죽인가요 아니요 손흥민이 공을 몰고 질주를 하자
관중들이 일어섰을 뿐이지요 비양심적인가요 예 어제는 편의
점에서 생리대를 훔치기는 했었지만 다행히 -삐-삐-없-이
- 무사히 지나갔나요 그럼요 눈치 빠른 직원이 쫓아왔지만 그
뿐이지요 뭐가 또 있겠어요 가방은 내 어깨의 풀을 뜯어먹으
며 무럭무럭 자라고 있었지요

단잠을 잤어요 담이 든 겨울 후드티를 입구요 너무 추웠거든
요 감기몸살인가봐요 천장에서 수천 개의 자명종이 울려 퍼졌
어요 천사의 목소리처럼은 아니었지요 일어나라는 지독했지
요 온 방이 금방 매연으로 가득찼어요 죽는 연기를 했어요 구
하러 온 소방관은 불쌍하게도 깜박, 회색연기였어요 그이 등
에 업히기는 했지만 구름 위에 두둥실 떠다니는 기분이었어요

59

＞

"당분간 이렇게 젖어있어!" 라고 하네요 그래요 좋아요 그래
요 좋아요

죽기결기

나는 죽기위해 태어난 사람처럼 이 세상의 소주, 수면제, 인간, 스테인리스 냄비, 산, 가족, 의사, 병원, 주삿바늘, 수술대 따위를 실제 사용해서 새벽 병원에 실려 가거나 경찰서에 보고서를 꾸미러 가곤했다 죽음은 나의 역사 중 가장 깊고 깊은 역사 기차는 달린다 마스크를 쓰고 육백 년을 달려왔으니 지겨워질 만한데 나는 전혀 그렇지 않다 죽음은 달고달아달다 달고나처럼 고니처럼 나처럼 죽음은 연쇄살인마의 달구어진 손바닥 멈추어질 리가 없지 젊은 살인마는 더 젊어진다 그러나 응애 아기로 추락하지는 않는다 죽음의 시간과 시간 사이에는 시간의 사다리가 놓여있어 이동시 자유롭다 시간의 죽음기는 마스크를 벗는다 다시 쓴다 그럴 리가 있나 죽음은 소주병을 이빨로 깐다 냄비에 끓고 있는 탄내 나는 시간에게 죽음의 탄가루를 뿌린다 소주는 입가심으로 제격이다 불타는 자에게 불은 더 잘 엉겨 붙어 죽음은 그렇게 차례로 전달된다 아직도 살아있다고 착각하는 죽음은 마스크를 쓰고 단두대로 향한다 죽음의 홍옥이 붉다

감

그가..그가..꿈에..나타났어..목을..매달고..낡은 ..청빛 ..
작업복을 ..입고..있었지..목은..축 늘어진.. 채로..두 팔은 ..
허공에 ..떠 있었어..마치 ..공기처럼..회색 헬멧은..머리 옆
으로 ..비스듬히.. 흘러가.. 있었어..가느다란 .. 벨트가.. 채
워진 채로..마치..미처..빠져나가지 못한 ..물고기 ..같았..
지..

그가.. 왜 ..내 ..꿈에 ..나타..났을까..나는 ..그를 ..모르..
고..그도 ..나를 ..모를..텐데 ..아니야 ..혹시 ..누가 ..알아 ..
스무 살의 ..내가.. 서면 극장 앞..죽은 ..원동이랑.. 표 2장 손
에 들고 수다 떨고 있을 ..때 ..그는 전봇대 ..위에 ..죽은 ..전
선을 자르며 ..나를 물끄러미 ..바라..보았..을 ..지도 ..서면
의 ..청춘들이.. 빨갛게..물..든..거리의 ..가을을.. 하염없이..
내려다..보았을 ..지도..사실 ..난 ..모르..지..모르..는..게..
너무..많아..속상..할 때도.. 있지만..슬퍼..하지 ..않지..두..
주먹..꼭 쥐..고..허공..에..훅을..날리지도 않아..걷지 ..걷
고..또..걷지..공사 중..헬멧을 쓰고.. 죽..은 ..건축가여..너..
를..생각하지도 않지..너는 이미..나의 내장의.. 무늬..가..되
었으므르..너에 대한.. 추모..너에 대한..약속..너에 대한 ..
정의로움..그런거..그런거..부질없는 휴지,조각,같은, 것.. 너
는 눈치 챘거니..가끔..휘청이는..나의 걸음을..나의 ..거리
를..나의 나무들이.. 늙어가고 있..음을..물을..줄게..물어..줄

래..물을..줄게..물어 줄래.. 얼음으로..사방이..지어진..방에
서..어떻..게 탈출했냐고..물을 ..줄게..물을..줄게..대구..동
화사...갓바위.. 나무 옆에..새겨진..우리의..우정에..물을 ..
줄게..물어줄래..물을..줄게..물어 줄래..묻어줄게..꿈 속에..
끝도 없이 .. 쏟아지던.. 투명한 ..얼음의..약속..들...을.....
믿...믿...어..믿...어....주...주.. ㄹ..믿...어..줄..거...지....

불타는 고흐를 보았다

시간이 사라진 화단에서 얼굴이 노랗게 불타고 있는 고흐를 보았다 그의 두 귀는 온전하였으며 그는 붓을 들고 있지 않았다 그는 이제 더 이상 그림을 그리지 않는다고 했다 그림을 그리지 않아도 숨을 쉴 수 있는 똥파리의 항문 속에서 살고 있다고 했다 그 똥파리 나도 압니다 그는 그러냐고 고개를 끄덕거렸다 그는 나에게 말을 놓아도 되냐고 물었다 그의 입술은 권총의 출구처럼 비상하게 튀어나와 있었다 나는 고개를 저었다 그는 여름이 오면 똥파리 항문으로 다시 들어갈 생각이라고 했다 나는 그러냐고 고개를 끄덕거렸다 무지개가 시간 밖으로 번지자 웅덩이가 엉덩이를 들고 문지방을 넘나들었다

어둑새벽

옷걸이에 걸린 가을과 겨울의 중간쯤 되는 외투에 새겨진 새들의 날갯죽지
여기저기 낙엽처럼 흩어진 책들 사이로 −밀려드는 새벽

눈을 떴다 감았다
다시 눈을 뜨는 착한 새

뭘 몰라도 한참 모르는
그래서 좁은 방안에 스스로 착하다고 착각하는 착한 새

그러다보면 정말 그렇게 느껴지는 좁은 병 안의 착한 새

이상이 단걸음에 달려와

자− 날자− 착한 새여−

날갯죽지를 펼쳐도

착함에 굳어 펼쳐지지 않는 착한 새의 미명 같은 비명 소리만 잠시 까악−

이제 착함은 착함이 아닌 것
그건 살인의 도구

〉
　새의 숨통을 아무렇지도 않게 눌러버리는 무감각의 손가락
들

　빛이 들어오고서야 방안이 환해지듯이

　악이 꽃피우고 나서야 발견되는 살해의 현장

　새로운 세기의 아기들이 태어난다

　헌 둘 헌 둘

　팔굽혀펴기를 시작하는 저승의 코스모스들

　얼마나 구수한지

　얼마나 졸깃거리는지

　먹어본 자들이 기억하는 밤

　뒤집혀진 미명의 배를 짓밟고 일어서고 있다

　(이 뒤집어진 미명의 배를 짓밟고 일어서고 있어)

점심 먹고 산책 20200708

눈 멀어가는 나무들에게 가득 둘러싸인 오후의 빛들

죽은 자의 목침

혀를 자르자

말은 얼마나 끔찍한 것인지

숲을 다 불태우고도

헉헉거린다

분홍 팔을 자르자

눈송이 쏟아지듯

피 없는 하혈이 시작되는 여름의 한낮

아무리 죽여도

죽지 않는 나

괴물이 자라 세상의 화분을 키운다

〉

발을 자르자

아님 족쇄

그러지 말고

아버지는 죽었다 하나 죽은 지 오래되지 않아 다시 깨어나고

부끄러움과 우물쭈물과 어리석은 자가

엎어버린 작은 꽃밭에서

팔 없는 고슴도치가

갓 태어난 거울처럼

피와 분비물을 허옇게 뒤집어쓰고

주름진, 죽은 시간 밖으로 기어 나왔다

밤사이 일어난 일을 누가 알겠는가

안개가 권총을 들고 인간의 두개골을 겨냥했다
쓰레기통은 스스로 머리를 열었다
술 취한 로봇이 고래고래 소리를 질렀다
슬리퍼는 슬리퍼를 짓누르고 순간이동을 하였다
그사이 눈이 내렸고 천년이 흘러갔다
로봇이 낳은 아이들이 입학준비를 하고 있다
약에 취한 로봇의 아이들이 고래고래 소리를 질렀다

누가?
어떻게?
무엇을 위해?
살아남았나?

신석기 증명법을 착용한 시계들이 줄줄이 저수지 속으로 뛰어들었다

파란 하늘이 안개를 뜯어먹으며 일어서고 있다
꽃들이 세상에 염산을 들이붓고 있다

탱크가 여름의 꽃넝쿨처럼 밀려왔다

세상의 점들은 모두 보호색을 원하는 듯 했다

〉

3×4, 8÷6, 67=76 동반자살이 늘어갔다

인간의 머리통만한 가스통이 자주 굴러다녔다

(안개의 뇌가 말하길 ─내가 듣고 내가 보고 내가 알고 있다)

꽃은 질병과 먼 나라의 이름 같습니다

 엉뚱한 말이 튀어나오는 나를 이해해줄래 사실은 그게 아니
었어 라고 말하는 너를 받아줄래 오해가 아니기를 말하는 우
리를 느껴줄래 설명할 수 없는 세계가 밖에서 자라고 있어 방
죽의 소금풀처럼 그럴 때 어떤 포즈가 가장 느끼할까 느끼기
도 전에 느끼해지는 너희들을 안아줄래 이런 세계를 경험해줄
까 아무나 못하지 가장 연약한 손톱을 뽑아 올리거든 모르지
그 생명체의 순수의 결여의 자양분이 얼마나 섬세한지 뽑아
올릴 때의 그 쾌감을 아는 척 하기 없지 인정 못하잖아 잘해서
안달이잖아 이런 저질의 문장 누가 녹여냈을까 한 대의 자동
차가 지나가고 두 대의 트럭이 지나가고 세 대의 헬리콥터가
지랄발광을 할 때 기꺼이 얼마든지 기꺼이 몸을 대주는 세계
가 있다는 것 초인종을 누르며 문을 두드리며 윈도우를 깨부
수며 너를 강간해주러 왔어 그런 세계가 죽어가는 강아지를
되살리고 있는 거지 그렇지 확실한 거지 우리는 개미친 세계
에 살고 있는 거야 그게 가장 정갈한 말이지 상식이 없는 조건
을 받아들이는 날부터 시작된 치자꽃 전쟁이지

만첩빈도리*

한 첩 반상 차려 올렸소

두 첩 반상 차려 올렸소

세 첩 반상 차려 올렸소

첩 하나 잡았소

첩 둘 잡았소

첩 셋 잡았소

이보시오

단어가 왜 이 모양이오

한 첩은 누기 차리오

두 첩은 누가 차리오

세 첩은 누가 차리오

기이하고 궁금하오

나를 믿고 가야하오

나를 믿고 가야하오

나를 믿고 가야 하오

그러해야 하오

그러해야 하오

그러해야 하오

레몬라임의 당나귀 같은 잎은 연초록의 길을 내고 있소

테이블 야자의 새앙쥐 같은 귀는 욕실에서 흘러나오는 말을
엿듣고 있소

이보시오 신음소리 줄이시오

이보시오 발자국 소리 너무 크오

〉

이보시오 떨기나무가 떨고 있소

금성은 금빛 입김을 내뿜고

우주는 지구의 등을 쓰다듬고 있다오

가오

가오

멀리 가오

내가 나를 믿고

멀리 가오

* 장미목 범의귀과 말발도리속

칸나

불길 속에 흰 마스크
줄서다 죽은 고등학생

가을 염소

풀밭에 흩어진 사기그릇

햇살이 검게 번진다

은구슬처럼 반짝이는 비닐하우스

검게 드리우는 나뭇가지 그림자 하나

널 잡지 않을게

진심이야

믿어줘

초록 울타리
넝쿨 장미 세 송이
감나무 감 세 개

자동차 비상등과 감빛은 같아

깜빡이거나 깜빡이지 않아

등은 등

발목은 발목

어디를 자를까

여기 쇠톱 있어

11시 52분 뒤에 간다
11시 54분 앞에 간다

꿈을 꾸었다

크고 투명한 각얼음이 와르르 폭포처럼 쏟아졌?

복숭앗빛
복숭아   송 진 · 사이펀 현대시인선 · 09

제3부

지브라풀 브래지어 무늬

월요일

사실 어제는 월요일이 아니었다 그건 비둘기의 실수였다 사실 오늘도 월요일은 아니었다 그건 핼러윈의 실수였다 사실 내일도 월요일이 아니었다 그건 목 긴 둥근 나무 의자의 실수였다 사실 일요일도 월요일이 아니었다 그건 목 뭉퉁한 빨간 주전자의 실수였다 사실 그저께도 월요일이 아니었다 장난감 욕조에 빠져죽은 장난감 가게의 알바의 실수였다 사실 그그저께도 월요일이 아니었다 컨테이너 밸브에 목 졸려 죽은 벌거벗은 마네킹의 실수였다 사실 개여뀌에게 도착하기 전까지 월요일이 아니었다 수국이 얼마나 썩었는지 늦가을이 오기 전까지 알 수 없다 월요일의 뿌리는 언제나 구멍 숭숭 뚫린 연뿌리였다

화요일

    - 세상의 말

어제는 세상의 말들이 다 귀에 들어왔다 앉아있어도 서 있어
도 세상의 말들이 속속 전보처럼 도착했다 지름길이라는 말
오랜만에 들어보네요 택시기사의 말처럼 오랜만에 생긴 일은
아니었다 최초합격자의 등급은 2.8입니다 처럼 최초의 일이
었다 귀안에 너무 많은 사람들이 들어 앉아있었다 나는 무덤
덤한 사람처럼 창밖으로 온천천을 산책하는 사람들을 바라보
고 있었지만 제 정신이 분명했다 그게 최초의 신호였다 산 채
로 나를 묻을 무덤을 파야했다 부장품은 짙은 벽돌빛 가사 한
점과 흰 마스크 한 점과 무향무취 소독약 한 점이었다

목요일이 이사 온 날

그는 날카로운 갈비뼈를 지니고 있었다 한번 보여 줄까 쨍-하면 아이들이 으-악-하고 도망갔다 한가위는 금방 코앞으로 다가와 창을 열면 생선비린내가 났다 사자는 어흥하며 인간을 즐겼다 그는 부처님 앞에 앉아 갈비뼈 한 개를 내놓았다 부처 나와 한판 붙지요 부처는 씨익 웃었다 그는 갈비뼈 두 개를 내놓았다 부처는 두 번 씨익 웃었다 그는 마지막 갖고 있던 갈비뼈 세 개를 내놓았다 부처는 세 번 씨익 웃었다 그는 갈비뼈를 모두 연못에 처넣고는 길을 떠났다 그의 뒷모습을 바라보며 부처가 씨익 씨익 씨익 씨익 씨익 웃었다

만화리 마을

사슴과 억새가 차례대로 지나가고 있었다
만화리 마을은 잘 보이지 않았다

엉덩이를 들고 목을 길게 빼고 망원경처럼 내다봐야 겨우 보
일듯말듯 했다 지브라풀은 잘 자랐다 내가 눈이 있어 지브라
풀 브래지어 무늬를 보는 것이 행복했다 그건 인디언 팔찌처
럼 잎줄기를 촘촘하게 칭칭 감고 있었는데 나름 지브라풀은
만족한다는 듯 긴 눈썹을 껌뻑거렸다 그는 이뻤고 내 눈동자
는 사랑스러웠다 내일 아침에 길게 자라있을 지브라 눈썹을
허공에 타투처럼 새기면서 심장이 터질듯한 연분홍 토마토를
길들이지 않은 오븐에 굽기 시작했다

* 부산시 기장군 기장읍 만화리

테라스 파크

 건물에 가려 건물이 보이지 않는다 입술에 가려 입술이 보이지 않는다 다리에 가려 다리가 보이지 않는다 너를 알아가는 것은 없는 다리를 건너는 것보다 어렵다 나를 건너는 것은 너를 건너는 것보다 더 어려운 것이다 나는 너를 존중해서 나는 너를 사랑한다고 말하지 못한다 존중은 중의 파편일까 사랑은 중의 거미일까 얇은 손톱 안에 끼인 죽음이 있다 빨간 실 같은 벌레 계단을 내려오니 경찰들이 서 있다 내가 너를 죽였다고 한다 설마 설마 셀마 새벽에 다이빙벨을 무료 시청했다 함께 시청한 살굿빛 브래지어를 검은 옛날 가위로 목 잘랐다 묵, 직, 한, 목, 잘, 라, 못, 잘, 라,

밤의 평화

물을 마시는 너의 그림자가 흰 타일에 거품처럼 일어날 때 왜 나는 살아있는지 잇몸은 알게 되었다. 너를 위한 변명 따위가 없었으므로 내 삶은 오래 궁핍했고 지쳐갔다. 그러나 생각해보라. 바보가 아닌 다음에야 방법쯤은 알고 있었을 것이다. 죽어도 좋을, 지키고 싶은 것. 나에게는 그게 있었던 것이다. 인간이라는 단어. 인간이기에 가능한 인내심. 너 나 만나길 잘했다. 참고 있었을 것이다. 그랬을 것이다. 어쩔 줄 몰라 하고 있었을 것이다. 그랬을 것이다. 착한 나의 천사, 나를 알다니! 노란 지붕의 집을 잘도 찾아왔구나. 눈이 감기고 하품이 나는구나. 나의 천사여!

우주의 언어들

너를 어떻게 표현하고자 하는 나의 의지 그러나 그 의지는 나도 모르는 의지의 의자들 모자가 모자를 모르듯 신발이 신발을 모르듯 신비는 신비를 모르고 신비의 신발을 쓰윽 신고 있고 있는 중이지 그래서 걷는 거야 발이 뭉글어지는 줄도 모르고 신발 주인은 우산을 팔지 보석상은 너구리를 팔지 모파상은 파랑을 팔지 강한 파랑이 되어야 해 그러나 그건 표상일 뿐 가난한 노랑도 없지만 있고 부유한 노랑도 없지만 있지 가련한 눈매의 버드나무 실핏줄이여 너의 생각은 어떠한지 청록의 비는 내리고 청록의 꽃은 떨어지고 오늘도 빨강 비의 뭇매가 쏟아진다

가혹한 인생

여름장마 잠시 사라진 하늘에 해를 보고 있는 나를 봅니다
빛나는 이빨을 가진 해는 해롭지 않아요 앞마당에 들어선 반
달가슴곰에게 방금 결혼선물 받은 포장지처럼 갈가리 찢겨 죽
은 얼굴의 어제보다 평화로워요 나를 바라보는 신부의 얼굴
모레보다 측은하지 않아요 반짝반짝 방금 빚은 익반죽처럼 매
끄럽군요 전생의 나는 호랑이에게 몸을 던졌어요 전전생의 나
는 돌부처에게 몸을 던졌어요 전전전생의 나는 배고파 우는
아기에게 몸을 던졌어요 수없이 굶은 수없는 아기들이 몰려와
울음 잊은 채 귀여운 작은 입가에 묻은 피를 긴 혓바닥 내밀어
빨아 먹었지요

안개 사람

−어제의 시 85

　안개가 아파트 단지를 삼키고 있다 안개 속에 새떼들이 날아
다닌다 축축해진 깃털을 매달고 어디로 가든 가긴 갈 것이다
나 역시 초라한 생명체의 일부분 우주의 언덕에 깃털을 부빈
다 부디 살아있기를 스스로가 스스로를 해치지 않기를 오랜
시달림 끝에 안식처는 달걀껍질 부서지기 쉬운 존재여 조심조
심 나아가야지 질투 많은 귀엽지 않은 새떼들의 혼령들이 날
아다닌다 낯선 도시의 귀신들이 편의점 전자레인지 속에서
죽은 새를 꺼내고 있다

그는 뭣도 몰랐다고 한다

홍상수 감독의 영화의 등장인물처럼 우연히 만난 그는 예전
에 뭣도 몰랐다고 한다 그러면 지금의 그는 뭣을 안 것일까 하
룻밤을 보내고도 궁금해서 빨대 꽂힌 흰 우유를 쭈우쭉 빨아
당긴다 뭣 무엇 멋 뭣 도망친 여자* 도망친 빨대

*홍상수 감독 영화 제목

기묘한 감정

이런 감정이 찾아오는 새벽이면 나머지 잠을 포기해야 한다 아무리 자려고 해도 잠들 수 없다 나를 학대하는 감정이 솟아오르기 전에 나를 추슬러야 한다 내가 더럽다는 생각이 들기 전에 어제 산 수세미를 빨아야 한다 혓바닥을 바늘로 긁어야 한다 내가 불결하다는 생각이 들기 전에 어제 산 면도날로 전신의 살갗을 도려내야 한다 지금 그놈은 잘 먹고 잘 살고 있겠지 그런 생각까지 미치면 미친다 정말 부엌칼을 들고 내 손가락 마디마디를 내리쳐야 한다 제대로 내리치지 않으면 더 큰일이다 제대로 잘리지 못한 손가락이 덜 잘린 목을 질질 끌고 다니는 성직자처럼 좁은 부엌을 피범벅으로 얼룩지게 할 수 있다 나는 단칼이 좋다 단칼에는 모든 것을 정리한다는 의미가 똥구멍의 쾌감처럼 깊숙이 숨어있다 그나저나 다시 정리해보자 어디까지 누가 신발을 신었나 어디까지 누가 문을 낙킹했나 어디까지 누가 비둘기를 죽였나 애매모호하게 가시 돋친 오이의 무덤들이 세시의 똥구멍에 다 모여들었다 오늘 상강霜降 강원도 흰 눈이 내린다 펄펄 백록담에 괴물이 3일째 살고 잇다

가방

이빨이 많은 이 동물은 똥물이라는 별명을 가지고 있어요 목 구멍까지 똥물이 차올라도 또 똥물을 먹고 싶어하지요 똥물이 황금색이라 사람들은 이빨이 많은 이 동물을 좋아해요 냄새쯤이야 하며 동물의 등에 올라타지요 달리고 달려도 시린 이를 채워주지 못하는 바람 덕분에 동물의 등에서 내려왔답니다 그런데 하필이면 사막 한 가운데 내렸답니다 내 몸에서 나는 똥 냄새 때문에 사막의 별들은 대문을 닫고 등을 돌렸어요 나는 오한에 떨며 이리저리 갈지자로 헤매고 있었지요 그런데 거대한 사막 쥐 한 마리 나타나 출렁출렁 물침대가 들어있는 똥기저귀 가방을 건넸어요 나는 똥줄이 타듯 가방 속으로 들어가 똥 기저귀를 차고 물침대 위에 누웠어요 편안히 아주 편안히 별들이 잘 보이는 방이었어요

살인 노을

− 어제의 시 84

밤에 바람들이 얼마나 거세게 불었는지 이팝나무 온몸이 누렇게 누룩으로 피어올랐네 바람은 살인의 의욕을 감추지 못해 저녁마다 핏빛노을을 쏘아 올린다 아, 이 피비린내 몸서리친다 저녁은 살인을 하고 아침은 생살을 심는다 밤은 하혈을 하고 새벽은 하혈한 피를 허겁지겁 삼킨다

1

검은 옷을 입은 저승사자가 나를 데리러 왔다고 집안으로 쑥 들어왔다 쫓기는 기분이 든 나는 베란다에서 고개를 쑥 내밀고 아파트 아래를 내려다보았다 검은 슈트를 쑥 빼입은 수많은 사람들이 아파트를 포위하고 있다

제4부

카
툭
튀

쇠톱

턱을 잘라

턱으로 길이 난다

삐약삐약

죽은 운동장 노란 병아리 깃털

삐약삐약

죽은 침대 흰 교복 여고생

삐약삐약

커튼이 내려오고

유령의사 퇴장한다

2

    커다란 관 속에 잠이 든 채 누워있었다 엄마 친구 아저씨가 옆으로 슬며시 다가오더니 팬티 속으로 손을 넣는다 주물럭 주물럭 나는 잠이 깨었다 그런데 어떻게 해야 할지 몰라 눈을 꼭 감고 잠든 척하고 있었다 그는 내일도 모레도 왔다 그리고 지금도 내 팬티 속에 씻지도 않은 더러운 손을 넣고 주물럭거리고 있다 엄마는 방역 마스크를 쓰고 영면 중이시다

장화홍련

언제 어디서 네가 튀어나올지 몰라 수억 개의 눈동자를 배양하고 있어 이 신간 〈자존심을 보리니 밥이 보인다〉 보리니? 버리니? 으응 그냥 좀 넘어갈게 가끔은 이렇게 그냥 좀 넘어가고 싶어 실은 너무 도덕적으로 살았거든 정말 그럴까 지옥의 CCTV가 너를 어린 아이로 되돌리고 있어 그래그래 OK 거기까지만 나도 좀 목 축이고 싶어 그래서 어린애들을 그랬니 나쁜 자식 철썩! 〈이게 뭔 서리람〉 소리람? 서리람? 좀 똑바로 생각해줄래 내가 네 생각을 읽으니 넘넘 불편해 어디 청소기 없어요 (대형 청소기 등장) 그래 그래야지 다 쓸어버려 웬 개(같은) 성(질) 카(메라가) 툭 튀(어나옴) 그래도 변기 속에 마스크는 쟁여템 자존심을 보리니 보리가 보리로 보여

생활의 귀환

돌아오렴
돌아오렴

멀리서 불빛이 손짓하고 있어

누가 나를 부르는 사람도 있구나 싶어
가까이 가보니

음식물처리로봇이었다

깍두기처럼 단정한 로봇이여
이제 나를 부르지 말아라

나의 내장은 방부처리 되었으니

뒤돌아서는 순간

깍듯하게 인사하던 로봇이 말한다

미친년아 네가 날 청소해야지

난 너를 인간으로 보았고

넌 나를 로봇으로 보았다

식목일

시속 200킬로 달리는 차에서 뛰어내리지 말자
해골이나 찾겠어

대신 꽃씨를 심자
다알리아 나팔꽃 자귀나무 감나무

그런 시간들이 시거를 물고 오토바이를 탄다

야, 타!

나도 행복해질 거라는
나는 행복하다는

꽃씨처럼

( )), ( )〈, (〉,

활발하다

상강 전날 202010220918

동해남부선 기차 지나가고
나뭇가지 홍시 한 개
운봉산 산꼭대기 운무 무성무성
카톡 울리고
건드리지 말라는 음악 흘러나오고
개천가 꽃 말라가고
낙엽 비에 젖어 우수수 우수수

나는 어느 시대를 살고 있는가

문득 내가 그리워진다

수릉원의 연인들

　－도라지꽃

첫 기억을 모으는 아이가 있어
누구에게나 만나면 묻지
처음 떠오르는 기억이 뭐냐고

나의 첫 기억은 주검
그렇게 말하고 잊어버리는 아이가 있지

잊어버린 아이가 죽고 나면
물어본 아이도 죽고 마는 그런 왕국이 있지

어디에 가도 한 번뿐 있을법한
그런 나라를 세우는 아이가 있지

첫 기억을 모우는 아이가 있지
누구에게나 만나면 묻지
처음 떠오르는 기억이 뭐냐고

나의 첫 기억은 강제와 억압
어떻게 말하지
아 –
이렇게 어린 아이에게

아이는 아이를 앞에 두고 고민해
잊어도 저장되는 그런 기억을 뭐라고 해야 하나

앞에 둘
뒤에 하나

그런 자세로 우린 앉아 있지

뜨거운 커피와 팥빙수와 아이스 카페라테가 죽어가는 시간
이 흘러가고 있지

저 개는 입마개도 하지 않았네

저 개는 옷을 벗지도 않고 똥을 싸네

저 개는 반칙 레슬링을 잘하게 생겼어

입버릇을 고치지 못한 개는 낮은 울타리를 잘도 뛰어 넘는나

첫 기억을 모우는 아이가 있지
누구에게나 만나면 묻지
처음 떠오르는 기억이 뭐냐고

〉

나의 첫 기억은 은폐
매 맞아 죽을 때까지 은폐

밀폐와 은폐는 한 울타리인걸

은밀과 묵인은 두 울타리인걸

조롱과 멸시는 세 울타리인걸

그래

그런 걸 설명해야 아나

이 멍충아

숟가락을 놓고 입을 닫는다
멍충이가 되어간다

내 밥이 없어지고 있다

손톱을 깎지 않는다

손톱을 깎지 않는다

슬픔이 가득한 알이기에

슬픈 자루의 배가 불룩한 현대이기에

실밥을 떼지 않는다

슬픔의 흰눈썹이기에

아직 내리지 못한 선상 위의 함박눈이기에

단추를 반쯤 떨어진 채로 매달고 다닌다

(손가락이 떨어져 나갔어)

(빌가락이 떨어져 나갔어)

앞이 보이지 않는 개가 내 다리에 부딪히더니

벌러덩 배를 내놓고 눕는다

몸을 뒤집는다는 것은 간절한 바람이다

젖꼭지가 가로로 세로로 누워있는 배를 만지면

아직은 남아있는 핑크빛 눈덩이 눈 먼 개는

휴– 숨을 내쉬며 짧은 안식기에 젖어든다

따스한 입김이 지나간 배 안

파릇파릇 아름다운 태아의 젖꼭지가 돋아난다

목요일

맑은 물병 하나 손에 쥐고
하늘 길 올라갑니다

바람 잎사귀 흔들고
방아깨비 폴짝 잘도 뜁니다

초록의 너른 들판입니다

세상은 둥글고 거룩합니다

선릉역

바람이 불어와 나를 흔드네

혼몽같은 잎사귀가 꼭대기부터 지네

나뭇잎이 8장 빨갛게 물들었네

8

오도가도 할 수 없지

8

선릉행처럼

돌고 돌아

다시 나에게

오직 나만이 나의 선물

선물꾸러미를 풀지 못한다면

또다시 선릉행을 타야한다

돌고 돌고

돌고 돌고

이제 마쳐야지

이제 마쳐야지

이번 생에는

8

선물꾸러미 붉은 리본을 풀며

제대로 마쳐야지

미쳐가지 않으면

마칠 수 있어

선릉역에 내리자

선릉역에 내리자

휘날리는 나뭇잎이 거기 있으리

제5부

로
제
타

금란 2

아홉을 낳았다 금란 2 반지 하나 없이 금란 2 아홉을 견뎠다 금란 2 눈물이 핑돈다 금란 2 그의 밑은 금란 2 아직도 풍성한가 금란 2 그럴리가 금란 2 있겠는가 금란 2 그의 파랗고 금란 2 금빛 나는 금란 2 긴 혀에서 금란 2 끊임없이 금란 2 흘러나오는 말 금란 2 관세음보살 금란 2 석가모니 금란 2 지장보살 금란 2 비로자나불 금란 2 문수보살 금란 2 보현보살 금란 2 나반존자 금란 2 경허스님 금란 2 만공스님 금란 2 도대체 누구인가 금란 2 눈으로 보면 금란 2 눈으로 믿고 금란 2 귀로 들으면 금란 2 귀로 믿는다 금란 2 있는 그대로가 금란 2 있는 그대로다 금란 2 자전하는 금란 2 먼지처럼 금란 2 아름답다 금란 2

제헌절에 눈 맞음

집 앞 나무에 새들이 콩콩 뛰어놀고 있었네

이 가지에서 저 가지로 달콤한 석류처럼
(진짜 보랏빛 가지가 핸드폰에 뜨네 나는 이 글을 핸드폰으
로 쓰고 있어)

저 가지에서 이 가지로 귀여운 계피처럼
(가짜 보랏빛 가지가 핸드폰에 뜨네 나는 이 글을 핸드폰으
로 쓰고 있어)

어렵게 귀에 매단 별달코끼리 18k 귀걸이

집 앞 새들이 나무에게 콩콩 뛰어놀며 짖고 있네

꿈에서 누가 불상을 고르라 하네

관세음보살지장보살아미타불... 많기도 많아라

나는 석가모니를 골랐네

금빛찬란한 새가 겹 밖에서 지저귀네

오호, 이놈의 새들

귤은 굵은 가지 골라 앉았네
(또 귤이 뜨네)
(또 가지가 뜨네)
(또 손바닥으로 얼굴 가린 단발머리가 뜨네)
(또 노란 기다란 금빛 손바닥이 뜨네)

오호, 힘들어라
(수원 화성의 199 여우꼬리와 늑대의 애매한 에메랄드의 어
머, 날드의 빛들)

휴대폰 따라 모험의 모함의 모종의 길 떠나가기

쭉-투게덜

솔방울이 커질때
쭉-투게덜

죽순이 자랄 때
쭉-투게덜

새순이 하늘을 가를 때
쭉- 투게들

투구게가 하늘을 날며
쭉-투게들

두개골이 소나무에 앉아
쭉- 투게들

몰라도 돼
알아도 돼
쭉-투개덜

몰라줘도 돼
알아줘도 돼
쭉- 투게들

〉
물어도 돼
안아도 돼
쭉-투게들

금성은 오늘의 초승달

초승은 청승

은하는 내일의 비린내

지독한 비린내
견디다 보면 견뎌진다

날다 보면 날게 된다

새벽달

왼쪽 구덩이에서 뱀들이 우수수 태풍에 쓸려나간 미역처럼
쏟아져 나온다

오른쪽 구덩이에서 소들이 번개에 맞은 나무처럼 음메에 기
어나온다

생이라는 절차에 웃음은 뗏목을 타고 바다로 떠났다

비참과 우울과 전염의 역사들이 산삼을 먹은 듯 힘이 세다

죽음의 검은 튤립을 송두리째 매트에 꽂는다

근육질 레슬링 선수의 반격처럼

순식간의 착한 착화탄처럼

심각했는데

심각하지 않게 흰 달이 떴다

어젯밤 꼭 쥐고 자던

그래서 손바닥이 깊이 패총처럼 패어버린

누구나 갖고 있으나

누구에겐가 보여주거나

내가 들여다볼 때조차

내 것인데도 남의 것처럼 낯선

비비추처럼 부끄러운 듯 아름다운 항아리 눈물방울 주렁주렁 매단

새벽안개 사라지고

새벽구름 흩어지고

가장 나중에 저 홀로 높이 두둥실 떠 있는

쌀의 투명한 그곳

흰 손톱

〉

흰 눈이 보슬보슬

우주 바깥의

첫, 초승달

3

너는 왜 사는가

나는 왜 사는가

우리는 왜 사는가

아무리 물어도 소용없다

풀이나 뜯고 잠이나 잔다

나뭇가지가 휘어지도록

바람이 분다
방충망이 뒤로 밀렸다
손으로 끄집어 당긴다
다섯 개의 손가락이다
나는 집안에서 생존해 있다
미지근한 물을 마시며
차가운 이슬을 온몸으로 깨문다
나는 마스크를 쓰지 않는다
집안에서
생존의 숨결로 숨을 쉰다
집밖에 나가면 마스크를 쓴다
다른 사람의 생존을 위하여
다른 사람의 숨결을 위하여
트럼프야 알겠니

3시 22분의 햇살

한 그루의 그림자가 숲을 이룬 시각

시간은 평등의 강을 펼쳐

치마폭 안으로 쓸어 담는다

응애!

생애는 생명 너머 샛강으로 빠져든다

불불불선선선일일일, 일승

라디오를 듣지 못하게 하는 죽음의 악령이여
마스크를 씌워줄게
오븐은 정자처럼 따듯하고
오 분은 흘러간다
오 분 동안 사생활이 보호되었나
화장실은 안전한가
세계의 영상에 온갖 육체가 비밀리에 엉켜있다
죽음이여
네가 언제 튀어나올지 모르지
오늘 밤 시소를 태워줄게
오늘 밤 그네를 태워줄게
오늘 밤의 육식은 건재한가
태워먹지 않았나
잘 삶겼나
먹을만한가
이빨자국 난 밤마다 이빨자국이여
만만한 리빨 깃빨 쫄면이여

간식의 마스크는 물 다 쫄지 않았다

마스크는 바싹칸이다

흰 마스크는 죽음을 등에 업고 삼보일배 행진 중이다

건조주의보가 일렁인다

佛佛佛禪禪禪一一一
一乘

금빛 산행 202010201555

모든 것이 금빛으로 빛나기 시작한다
적어도 이 산속에서는

금빛의 나뭇잎과
금빛의 사람과
금빛의 모자와
금빛의 나방들

겨울은 인간의 선택을 믿어 의심치 않아
자신들이 그러하니까

굴삭기로 땅을 파도
철근을 들이박아도
산은 인간을 믿는다
자신들이 그러하니까

보행 중이던 달고나 커피에 똥파리가 앉는다
금빛 똥파리다

고사리도 금빛
먼지떨이 소음도 금빛

금빛은 금빛을 믿는다
자신들이 그러하니까

금빛 아기 고양이가 산길 한가운데 앉아 금빛 돌멩이를 바라
본다

시 몸살

높은 아파트 뒤로 지는 해를 바라보며

아직 더러 지지 않은 해를 바라보며

나는 시의 미세한 아름다움을 견디느라 몸살이 난다

　내 앞에 지난여름 태풍에 가로로 꺾인 사이시옷의 나무의 벌어진 틈을 이해했는가 오늘이여

　해는 오지 않았는데 너는 자꾸 해가 왔다고 불덩이 전한다

참새가 내 걱정을 안고 갔다

참새가 톡톡

창가로 다가온다

나는 씨익-

웃는다

엄마가 내 걱정을 안고 갔다

저물녘

남빛 하늘에 따듯한 보이차 한 잔

(이 정도면 행복하다)

잠든 눈 먼 늙은 개 한 마리와
눈멀지 않은 늙은 개 한 마리

녹빛 가득 찬 눈동자여

(이 정도면 행복하다)

너에게는 주인 있고
나에게는 주인이니

버림받은 나의 생은
불타는 두 손으로
뜨거운 양송이 스프 속에서
(내가 건져 올렸다)

간신히 건더기 건져 올린 이번 생

괜찮다

괜찮다

보이차 한 잔
녹빛 눈동자 넷
남빛 하늘 반 쪽
제비꽃 한 송이 공중 날아다니고

버림받은 생
(내가 스스로 거친 두 손으로 일구었다)
버림받지 않은 생으로

햇빛에 반짝이는 고사리
햇빛에 반짝이는 구절초
햇빛에 반짝이는 그림자

로맨틱하고 아름다워라

이제 내가 나를 찾았느니라
(해 저물녘에)

오봉산 비탈길에 오랫동안 서 있던 아기 고양이는 어디로 갔
는가

〉
밤은 유령을 불러오고
향기로운 기름이 불타오르리라

로제타*

치어를 살려주는 로제타
숭어를 먹지 못하는 로제타
우물 같은 배꼽을 지나가는 헤어드라이기
차가운 물속에 잠긴 한 알의 계란
무거운 가스통은 로제타 휴대 물통을 닮았어
로제타 물통은 배꼽을 닮았지
엄마의 젖꼭지를 닮았지
무언가 호스 같은 줄이
탯줄 같은 줄이 연결이 되어있어
물고기처럼 연분홍 아가미로 숨을 쉬어
LPG 가스처럼 연초록으로 타올라
누군가의 등에 기대어 낡은 소음의 오토바이를 타고
박자 틀린 드럼 소리에 맞춰 어색한 첫 춤을 추고

나는 혼자가 아냐
나는 친구가 생겼어
나는 평범한 삶을 살 거야
나는 버터에 잘 구워진 토스트에 설탕을 바르고
친구와 함께 음악을 들으며 맥주를 마실 거야
그렇게 살 거야
그렇게 살 거야
나는 악의 구렁텅이에 빠지지 않을 거야

잘 자
잘 자
너, 로제타
나, 로제타**

* 영화 '로제타Rosetta'를 시詩로 재구성함. 장 피에르 다르젠, 뤽 다르젠 감독
**로제타의 독백

제6부

이
화
에

중
선
이
라

이화에 중선이라

1. 중선

타당 손 높이 들어 너를 진압 하겠어 셋 셀 동안 총을 내려놓아 그렇지 않으면 사살 하겠어

타당 너의 두 뺨에 얼룩이 지겠지 너의 칫솔은 슬퍼하겠지 너의 비누는 놀람 교향곡을 선곡하겠지 브람스가 초록빛 관을 열고 나와 바이올린 교향곡 의자를 수선하겠지

타당 눈앞의 미래였어
타당 눈앞의 쓰레기였어

죽고 나면 치워버려야 할 쓰레기
어서 치우고 출근해야지
이 놈의 시체 때문에 일을 못해서는 안 되지

아무리 본 적 있는 배꽃이라 하더라도
아무리 본 적 있는 배꼽이라 하더라도

일이 더 중요해
추억팔이 할 시간이 없어
시체를 치워야지
새벽 출근 길 발등에 걸리적거리는 이 두 구의 시체를

〉
머리에 이지도
등에 지지도 못하겠어

뭐가 이렇게 무거워
죽은 것들이

이런 것들이 생전에 피붙이였다고
나를 낳은 나였다고

걸리적거리는군
어서 출근해야하는데
이것들은 일의 장애만 될 뿐이야

마침 저기 믹서가 있군

토막을 내어
토막을 내어

팔 다리 가슴 어깨 순으로

같이 퍼즐놀이 해요

같이 저녁밥 먹어요

지겹군
이제 그런 소리 안 들어도 돼
대답하지 않아도 돼
가죽을 위해 손가락하나 까닥하는 시간도 아까워

일을 해야지
일을 해야지

나를 모르는 사람들이
나의 친절에 웃어주는 게 행복해
오금이 저려

이러다 싸겠어
이러다 싸겠어

너무 좋아서

흐흐

어서 믹서에 토막을 넣어

＞
어서 믹서에 토막을 넣어

어깨, 가슴, 다리, 팔 순으로

아, 잠깐 추모는 해야지
추모는 일의 순서니까

일을 빠트려서는 안 되지

(잠깐 침묵이 흐른다)

믹서기에 갈아 갈아

믹서에 던져 던져

살점이 너덜너덜

근육이 파들파들

이것들이 아직 살아있었어

나의 일을 방해하는 것들이

내 일을 방해하는 것은 지금까지 다 가죽이었어

아무리 해줘도 고마운 걸 몰라

지겨운 것들

어서어서 믹서에 들어와

옳지 옳지

잘도 돌아가는 구나

살점은 발라내

뼈는 도려내

쓰레기봉투에 던져 던져

한 점 없이

한 점 없이

이제 나는 차를 몰고 질주 할 거야

내 앞에 걸리적거리는 자동차를 빠져나갈 거야

일은 행복이 가능해

일은 거짓말이 가능해

일은 사랑이 가능해

일은 자위가 가능해

일은 튕겨 나오는 눈알

일은 운전대의 모자

저것들은 내 마음대로 안 돼
일은 내 마음대로 척척

사람들은 나를 좋아해주지

사람들은 나를 인정해주지

저것들은 도움이 안 돼
내 호주머니만 열려고 하지

그러니 죽어야지

죽어 마땅해

나에게 칭찬 한 마디 없이
나를 뜯어먹고 살았지

얼굴에 피가 튀는군
얼굴에 살점이 튀는군

어서 변기에 부어 부어

이 하얀 변기는 모니리기 같아
이 하얀 변기는 이순신 장군 같아

이것들 때문에 일할 시간이 줄어드는군

나의 고객들이 문 앞에서 꽃다발을 들고 기다릴 텐데

나의 천사들 아웅 고객

나의 연인들 아웅 고객

나의 자유 아웅 고객

내 등을 쓰다듬어 주는 자

나를 칭찬해주는 고객들이 좋아
나를 칭찬해주는 고객들이 좋아

무릎이 까지도록 일해 줄게
무릎이 까지도록 일해 줄게

저것들은 고마운 줄 몰라
시간낭비지

추억팔이 할 시간 없어
추억팔이 할 시간 없어

왜 그렇게 남을 좋아해
그거 병이야 병

바다가 아파요
링거가 피로 젖어요

부르지 마
부르지 마

너희들은 나에게 즐겁지 않은 존재

그러니 부르지 마
이제 부를 혀도 없잖아

믹서가 돌아가고 있는 군

난 출근해야 해

　고객들이 문 앞에서 말랑말랑 향기로운 허벅지를 바구니에
담아 기다리고 있지
　고객들이 문 앞에서 부드러운 입술 한 아름 꽃무릇 접시에
담아 기다리고 있지

〉
질주의 거리여야 해

내 앞에 한 대의 차도 존재해서는 안 돼

그런데
그런데
그런데

변기물이 내려가지 않는군
욕실이 차고 넘치는군

팬티들이 두둥실 떠다녀
바다가 되었군

붉은 피투성이 바다

두둥실
두둥실

내 손이 사라졌어
내 발이 사라졌어

〉
내 일이 저기
샛별처럼 빛나고 있는데...

나는 뭐였지...
나는 뭐였지...

나는 일을 좋아하는 하얀 변기였는데

나는 일을 사랑하는 하얀 변기였는데

내 목이 역류하고 있어

대퇴 뼈가 목에 걸렸어

꿀룩꿀룩

내 역류 네가 뚫어줄래

너는 고객이니까

나를 사랑해주는 고객이니까

〉
꿀룩꿀룩

나는 일 밖에 몰라
나는 일 밖에 몰라

네가 죽으면

난 그저 눈앞의 눈을 치우듯 눈을 치울 뿐이지

저 창을 열면 뛰어내릴 수 있을 텐데
저 창을 들면 새들이 지저귈 텐데
저 창을 열면 새벽달 볼 수 있을 텐데
저 창을 들면 새벽별 볼 수 있을 텐데

너는 떠난다
너는 떠난다

사랑했는지
사랑하지 않았는지
사랑을 제대로 알고나 있는 건지
나 자신조차

기억도 나지 않는 시간들

내가 나를 보았을 때
제대로 봤는지

내가 나를 쏘았을 때
제대로 총질했는지

다시 새벽이다
다시 새소리다
다시 차소리다
다시 새벽달이다

하얀 변기물이

쏴—아—아—

잘 내려가고 있나

와—아—아—

그래 그래

2. 이화

어쩌면 가능해

어쩌면 될 수 있을 것 같아

이 기분

하늘을 날 것 같아

가끔 그럴 수 있잖아

나는 너무나 불행했어

온갖 욕동들이 다 놀다 갔지

그러나 지금은 그게 너무 고마워

그 욕동들이 나의 영혼을 구했지

맑은 내 영혼

이제 자랑스러워

너무 사랑스러워서 견딜 수 없어

일어나

일어나

오케이

긍정을 달고 살지

오케이

웃음을 달고 살지

앰뷸런스가 달려

앰뷸런스가 달려

그래

그래

수소차가 달려

전기차가 달려

그놈은 수억대가 되었대

그래 그래

배 아프니

그래 그래

배 아파

내색 안하려고 하니 죽을 지경이니

그래

그래

내색을 왜 하니 세련되지 못하게

자비로운 얼굴이어야 해

환영 받아야 해

너의 미친 세로미터

그쯤은 되는 거 맞지

웃기네

자빠졌네

온갖 잡것들을 다 섞어

훌

훌

다 털고 춤을 추지

모든 것이 다 사라진 이 자유로움

훌

훌

울라 –

너도 알아야 해

훌

훌

울라 –

리듬을 콩밭에 심어
리듬을 호빵에 심어
리듬을 마가렛 쿠키에 심어

아름다운 꽃들이 피어나지
예방접종을 한 것처럼

〉
아름다운 새들이 다가오지
보랏빛 제비꽃을 먹은 것처럼

내가 나일 때 가장 불행했어

그런데 지금은 어머니

내가 나일 때 가장 행복해

이 반전

이 극적인 반전

넌 수용할 수 있겠지

인생이 그런 것처럼

인생이 그런 것처럼

우릴 갖고 장난치는 거만한 인생이 저기 모퉁이를 돌고 있어

총을 들고 걸어가지

아주 천천히

호흡이 중요해

천–
천–
히–

호흡해야 해

사랑하는 사람과 사랑을 나눌 때처럼

그리고 눈이 마주치면

쏘는 거야

빠–

유치한 이 소리를 듣고 있으라고

너는 그렇게 말하겠지

인생의 쓴 맛을 남의 가방에 쓸어 담아버리는 쓸개 빠진 개
가 어두운 공원길을 어슬렁거리지

어쩌면 가능해

어쩌면 가능해

지금 이 순간처럼

가을에 미쳐 버렸잖아

아직 여름은 오지도 않았는데

추분秋分에 미쳐 버렸잖아

이미 춘분春分이 오지 않았는데

미쳐

미쳐

〉

내가 미쳐

미쳐

미쳐

꽃이 미쳐

미쳐

미쳐

별이 미쳐

미쳐

미쳐

개미쳐

광견병 접종은 한 거니

〉

코로나19 접종은 한 거니

우리가 사는 우리

우리가 사는 우리

멋지고 튼튼해

이빨로 물어뜯어도 끄떡도 하지 않아

오 예–

오 예–

나오는 대로 써

나오는 대로 읊어

나오는 데로 춤춰

자판기를 두들겨

〉

몸을 흔들어

발장단을 맞추어

그래도 저장키는 눌러야지

성기가 중앙에 붙어 있도록

몸을 흔들어

롤케익을 먹어

커피를 마셔

오 –

예 –

이뻐 이뻐 자판기를 두드리는 내 손가락

이뻐 이뻐 장단을 맞추는 내 발가락

〉

발가락뼈가 부러졌지

어깨가 내려앉았지

밤낮으로 잠 못 잤지

그 바보 누가 구했을까

그 바보 내가 구했지

바보가 바보를 구했지

천사가 천사를 구했지

이제 알아들었어

귀 번쩍이도록

손가락 말을 알아들었지

난 행운아야

〉

난 불행한 행운아

모든 불행의 꽃가루를 들이마셔야 했어

사람 좋아하는 죄로

사람 좋아하는 죄 그거 가볍지 않은 죄지

이 지상에서는 해서는 안 되는 중죄

더 무서운 죄가 뭔 줄 알아

좋아하는 줄 착각하는 죄

좋아하는 줄 알고 최선을 다하는 죄

내가?

네가?

우리가?

〉

그들이?

그들에게?

그것조차 모르고 이불킥하는 이생망

이번 생은 다 망한 거야

이번 생은 다 망한 거야

너 그럴 수 있니

조금 전 말한 거 하고 다르잖아

조금 전의 희망은 어디 간 거니

푸하하

그걸 믿었다고
그걸 믿었다고

세상은 변하고 변해

고정되어 있는 것은 아무 것도 없지

아무 것도 믿지 마

아무 것도 믿지 마

네 자신을 믿어

내 자신을 믿어

구름은 이뻐

구름은 이뻐

가을 구름은 더 이뻐

그런데 가을이 오긴 온 거니

어제는 하루 종일 이화중선 들었는데

이화중선이 당도했어

어떻게 된 거니

어떻게 된 거니

나도 몰라

나도 몰라

이런 무무무무무무무무무무무무무 책임한 <u>ㅇㅇㅇ</u>–

모른다면 다야

모른다면 끝나는 거야

<u>ㅇㅇㅇㅇㅇㅇㅇㅇㅇㅇㅇㅇㅇㅇㅇ</u>

숨 막혀 죽을 것 같아

거짓마아알

맞아 거짓마아아알

하하

명쾌하다 그 웃음
명쾌하다 이 겨울

아직 봄은 오지 않았어

누구나 노란 개나리별을 안고 살지

누구나 노란 개나리 벽지를 안고 살지

이화는 알고 있었던 거지
중선이 온다는 것을

피기 피를 맞이한 거야

붉은 피울음으로

최선을 다한다는 것은 슬픈 거야

그러니 최선을 다하지 마

그냥 자유롭게 살아

베토벤처럼 갇히지 말고

베토벤처럼 갇히지 말지도 말고

베토벤처럼 갇히지 말지도 말지도 말지도 말고

우리는 슬퍼

너는 슬퍼

나는 슬퍼

좀비는 슬퍼

부처는 슬퍼

하늘은 슬퍼

코끼리는 슬퍼

슬퍼서 처넣는 거지

노란 꽃가루를

미친 꽃가루를

아름다운 꽃가루를

너는 누구니

나는 누구니

그걸 알고 싶어 미치는 거지

술을 마시는 거지

석탄을 굽는 거지

최루탄을 삶는 거지

석유를 들이붓는 거지

해바라기 꽃에게 경배를 올리는 거지

코스모스에게 키스를 퍼붓는 거지

밀감좀비 껴안고 공항을 유유히 통과하는 거지

미역귀신 깨물고 공항을 유유히 통과하는 거지

구두 뒤창 열고 비행기를 타는 거지

비행기 화장실에서 혼자 미치는 거지

마스크는 했니

마스크는 했니

참고 참았어 졸라

미칠 뻔 했거든 졸라

다행히 미치지는 않았어 졸라

평범한 시골의사 진단은 받았니

뉴요커 미친 의사 진단은 받았니

이 선명한 전두엽
이 지랄 같은 전두엽 땜에 손이 떨려

아까운 커피 쏟을 뻔 했잖아

정액처럼

정자 은행은 가봤니

모성 은행은 가봤니

부성 은행은 가봤니

좆나 지랄 같지

갈기고 갈겨 남은 건

〉
지랄 같은 생계보조비

구구절절 써야 하는

미친 보조비

잠시 보조개라 할게

받아도 보조개

안 받아도 보조개

맨손이 아니데

맨발이 아니데

맨발이래

맨손이래

그래야만 한다는데

〉
너 응할 수 있어

사랑하는 사이처럼

그건 배부른 이야기

사랑하지 않아도 응해야지

좆 떨어질 판인데

그건 무슨

씹할 연놈

살아있어

나 살아있어
너 살아있어

시퍼런 물속에 잠기고도
시퍼런 파도에 시달려도

〉

구명조끼도 없이

살아 있어

나

살아있어

너

살아있어

우리

두 눈 시퍼렇게 뜨고 살아있어

좆같은 놈들아

이 무슨 별밤 같은 이야기

이 무슨 별똥별 같은 이야기

〉

이 무슨 벌건 대낮같은 이야기

살아야 해

살아있어야 해

그건 중요한 이야기

나는 대서사시

나는 히스토리

나는 역사를 기록하는 자

대장정의 밤을 지나

대장정의 낮을 지나

대장정의 샐녘을 지나

이제 푸른 별을 만났네

〉

조기 비늘 같은 조각에 불과하지만

그건 그것대로 온전한 것

반짝이다 만

다시 반짝일 수 있는

반짝이지 않아도 되는

자유

자유

자유

그 자체인 것

말하지 않아도 알지

말 낳지 않아도 알지

〉
좋은 건 좋은 것일 뿐이지

아름다운 건 아름다울 뿐이지

목소리가 들려

천상의 목소리

사과 베어 먹다 턱뼈가 비틀어져도

사과는 사과

턱뼈는 턱뼈

우린 우려낸 대로 걸어가지

우린 우리한 대로 걸어가지

우린 우리로 부터 자유로워지지

멀리 걸어

〉

멀리 걸어

슬프게도 머리 맞대고

멀리 걸어

멀리 걸어

슬프게도 손 맞잡고

멀리 걸어

멀리 걸어

옆구리 칼에 찔려 피 흘리며

곧 창백해 질 거야

곧 숨이 넘어갈 거야

그래도 슬퍼 마

〉

그래도 슬퍼지지 마

잘 살았잖아

이 좆같은 세상

잘 먹었잖아

이 좆같은 세상

It's in!

슛, 골인! 도 개잘 했잖아

한 때는

한 때는

못한 게 뭐가 있었어

다 해봤잖아

〉

못 해본 척

안 해본 척

해해해

얼마든지

그렇다고 진실이 감추어지지는 않아

진실은 개꼬리처럼 어디서나 나타나지

동그란 내 꼬리

축 처진 내 꼬리

그저 그런 실재일 뿐이지

방금 느낀 게 아냐

전생과 전전생과 전전전생이 내 허리춤에 줄타기처럼 매달

려 있어

오랜 시간은 오랜 시간이 아냐

네가 32만개의 외로움을 씻어 강판에 갈아 끼운다면

내가 64만개의 외로움을 씻어 강판에 갈아 끼운다면

그건 찰나일 뿐

그건 찬란할 뿐

못 느끼고 산다고

우리를 미개하다고 말 할 수 있을까

그래

해

해

얼마든지 해 대

이 미개한 존나 게으른 미친 정치야

오로지 맑은 정신

오로지 맑은 마음

나는 그걸로 상대해 주지

잽도 안 된다고?

이 세상은 악의 편이라고?

무슨 말을 해도 다 들을게

새겨들을게

오 엄마 아침이야

좆나

신기하잖아

아침이 왔으니

우리는 모닝커피 마시지

진한 피를 마시지

밤사이 골속에서 우려낸

와플을 먹지

나는 사과잼 와플
너는 초코크림 와플

좆나 행복해

이런 행복 누가 가져다 줬지

자지가

보지가

〉

그렇지

그렇지

별은 행복해

푸른 별은 행복해

동사무소는 마지못해 행복해

구청은 좆나 행복해

의원실은 미친 듯이 행복해

국회는 총 쏘듯이 행복해

푸른 기와는 여기 저기 널려 있어

아무나 들고 마구마구 부수지

행복하게

〉

행복의 조건이라도 되는 듯이

우리 집 아니니까

이민 가면 되니까

돈 싸들고 좆나 빠른 비행기 타고 떠나면 되니까

우주선 타고 목성 가면 되니까

목성은 아무나 가나

우주여행 아무나 가나

120년 이익 벌어들인 S주가는 폭락하네

120년 내다본 M주가는 폭등하네

이것 아니면 저것

동학개미의 운명인가

＞

서학개미의 운명인가

술패랭이마다 술이 피네

피뢰침마다 검은 구슬 매달리네

거리는 바람

거리는 바람

바람의 영혼 소리 우웅거리네

나는 들리네

나는 들리네

아수 밀리 친상의 무소리까지

나는 보이네

나는 보이네

〉

거울 속의 코 안의 코털까지

집게로 뽑지 않아

그건 세련되지 못한 처방전

가만 두라지

가만 두라지

천년만년 자랄 때가지

너희들이 자유를 알아

대구에 그 자식이 말했어

그 전에 또 말 한 자가 있겠지

대단하게 보여도 결국 누군가 말한 거야

그래서 우리는 실성하는 거지

〉

하하

이미 누군가 다 말했다니깐

하하

하하

하하

하하

하

하

하

하

하

〉

웃음이 나오니 이 밥맛없는 녀석

찰싹!

컷!

누가 거기서 뺨 때리라고 했어!

배우는 좆 됐다

감독도 좆 됐다

인권이란

평등이란

이런 것이다

같이 좆 되는 것이다